차의 기분.

차의 기분.

김인 지음

whale 🐳 books

이 책은 나와 차에 대한 사사로운 이야기다. 차를 만들고 차를 마시며 차와 교감했던 순간들을 있는 그대로 써보려 노력했지만, 순간은 글로 옮겨지자마자 불명확해졌다. 순간은 그림이나 음악으로 표현되었더라면 더 좋았을 것이다.

그럼에도 오랫동안 차를 마셔온 사람으로서, 커피나 여타 음료를 마셔온 사람보다는 차에 더 가까운 정서를 갖고 있으리라 생각한다. 그 정서가 알게 모르게 글에 묻어났기를 기대한다. 나는 차를 마시는 사람이고 차를 마시면서 몸도 마음도 한결 편해졌다고 자신한다. 당신도 나처럼 그랬으면. 나는 이제 심지어 와인보다 차를 더 좋아한다고 말할 수 있다. 아니, 와인을 약간 더 좋아하고 차를 완전히 신뢰한다는 표현이 올바를 것이다.

주변은 친숙한 소음으로 가득하지만 세계는 여전히 침묵이 압도하고 있다는 것을 안다. 내가 돌아갈 침묵, 나는 차를 마시며, 그것을 느낀다.

김인

2부

차의 맛

: 차는 물의 신이고, 물은 차의 몸이다 ─ 장원

3부

차의 몸
: 보는 것은 믿는 것이고, 만지는 것은 아는 것이다 ─ 피터 슈예달

4부

차와 글쓰기
: 찻잎, 글쓰기의 그물 — 롤랑 바르트

차의 시간.

차는 홀로 마시면 신비롭다 ─ 초의

외로워서 마신다

차는 왜 마시는가? 외로워서 마신다. 정말이지, 외로워서.

추사도, 다산도, 외로워서 마셨을 것이다. 둘은 유배지에서 누구보다 외로웠다. 추사와 다산이 이뤄낸 성취들은 모두 외로움이 잉태한 것들이다. 외로운 이는 외로움을 꺼려 하지만 외로움에 끌린다.

차는 외로움을 달래면서도 외로움을 고양시킨다. 어떤 경지에 이른다는 것은 보다 높은 외로움에 이른다는 것. 외로운 이가 외따로 있는 듯 보이는 것은 그가 보다 높은 외로움에 있기 때문이다.

심심해서 마신다

차는 심심해서 마시기도 한다. 심심함은 물기 없는 외로움이다. 차를 마시면 심심함에 물기가 배면서 외로워진다. 헐레벌떡 카페 문을 열고 들어온 약속시간에 늦은 친구는, 자신을 기다리며 물기에 젖은 당신을 보고는 부쩍 깊어졌다고 여긴다.

1부. 차의 시간

혼자서 마신다

혼자서 차를 마시는 사람은 혼자여서 좋아 보인다. 보통 이상한 일이 아니다.

차의 기분

편치 않을 때 마신다

차는 편할 때 마시면 그런대로 좋지만, 편치 않을 때야 말로 차를 마셔야 하는 적기라 할 만하다. 서럽고 분하고 눈물이 멈추질 않고, 일은 꼬이고 엉켜서 퇴로가 보이지 않을 때, 불쑥, 그러니까 불쑥 일어나 물을 끓이고, 어떤 차를 마실지, 어떤 찻잔을 쓸지, 신중히 결정한 다음, 무엇보다 차를 우리는 데 전력을 다하고, 우린 차를 흘리지 않게 조심해서 찻잔에 따르고, 차향을 맡고 차를 마시며, 찻잔의 기원이나 양식에 대해 골몰하는 이런 난데없는 허튼짓이, 불가피해 보이던 사태의 맥을 툭툭 끊는다. 내게는 걸레를 빠는 일이나 차를 마시는 일이나 다르지 않은데, 걸레를 빨아야 할 때가 있고 차를 마셔야 할 때가 있다.

비
우
려
고　마
신
다

차는 뱃속을 채우려고 마시는 음료가 아니다. 비우려고
마신다. 채우면 빈다.

시간마다 다르게 마신다

아침에 깨어나 마시는 차는 꿈과 현실 사이에 가로놓인 향긋한 교량과 같다. 차를 마시다 보면 어느새 나는 꿈에서 현실로 건너와 있다. 그럼에도 교량을 건너며 몇 번이나 뛰어내리고 싶었던가.

점심을 먹고 마시는 차는 산책과 흡사하다. 산책에 나서면 더할 나위 없이 좋겠지만, 그럴 수 없다면 차를 마신다. 우두커니, 나는 아직 여기에 존재하지 않는다는 식으로.

오후 네 시에 마시는 차는 호락호락 시간에 쫓겨 살지 않겠다는 문명인의 세련된 입장 표명이다.

저녁에 마시는 차는 기도하는 것이다. 간절히 모은 두 손이 찻잔을 쥐고 있다.

특별히, 오후의 차

하루의 반절을 보내며 한 모금. 나머지 반절을 보내기 전 한 모금.

아주 밝지도, 어둡지도 않은 시간. 그처럼 아주 이르지도, 늦지도 않은 시간. 시작과 끝의 관점에선 무엇을 내세우기에도, 무엇을 단념하기에도 어중간한 시간.

그러니 오후 네 시엔 결심을 미룰 것. 비관도 낙관도 하지 말 것. 대신에 부드러운 곳에 자리를 잡고 터무니없이 한가하게, 찻잔을 들어서 후후 불 것.

차의 기분

33

차를 마시는 시간 동안 일어나는 일

차 마시는 시간은 흰수염고래와 도롱뇽의 시간처럼 새털구름의 속도가 평균 속도인 시간.

아이 곁에서 엄마가 잠이 드는 시간.

귀 기울이지 않아도 들리는 작은 소리들의 시간.

오래 전, 누군가가 전한 인사말, 충고의 말, 고백의 말들이 뒤늦게 도착하는 시간.

그리고 비로소 지금보다 어린 그들에게 감사와 사과의 말을 정중히 건네는 시간.

노을 진 천변을 지나, 저녁 준비에 분주한 부엌에 이르러, 이제는 그만 찻잔을 내려놓을 시간.

달그락

　　달그락

정
점

바로 지금, 지금의 이 상태는 내 기질과 정확히 들어맞아서, 나는 읽기를 멈추고 이 상태를, 지금의 이 상태를 있게 한 모든 요소를 내게 몇 번이고 상기시킨다.

—

장맛비. 약속 없는 토요일 오후. 창가에 놓인 길고 푹신한 가죽 소파. 쾌적한 온도가 유지되는 주홍빛 실내. 약간의 숙취. 166쪽을 채운 굉장한 문장들. 그리고 차, 아직 두 모금이나 남은.

—

이 상태는 내게 지나치게 좋다.
이 같은 경우엔 이 상태에게 생길지 모를 분실, 훼손, 강탈에 대한 불안이 이 상태를 더없이 완벽하게 만든다.

차는 그날의 물기를 기억한다

차는 물보다 조금 더 달고, 조금 더 향기로우면 족하다.
차는 물과 가장 닮았기에 물맛을 가장 잘 기억한다.
그렇지만 차는 조금 더 사실적인 방식, 이를테면 그것은 3월의
진눈깨비나 8월의 기록적인 폭우, 지난 시절에 흘렸던 숱한 눈
물과, 쓰지만 명료했던 혼자서 본 바다.
과거를 회상하면 눈과 비, 눈물은 흔한 법이어서, 차는 그날의
물기를, 물기의 맛을 가장 잘 기억한다.

차의 기분

섬세해야 한다

고산지의 혹독한 기후 변화 속에서도 살아남은 찻잎들, 이들 찻잎에서 피어나는 기상천외한 향기들은 상처받은 찻잎에 밴 우수 같은 것이다. 섬세해야 한다. 먼지나 유리창에 낀 성에 같은 것에도 섬세해져야 한다.

사색하는 인간은 걷거나, 마신다

　　사색은 공부나 연구보다는 관조나 명상에 더 가깝다. 하나의 생각에 몰입하기보다 생각이 이리저리 흐르고 흩어지도록 방치하는 것. 이를테면 운동이 아닌 춤처럼, 생각은 상승과 추락, 과장과 축소, 비약과 생략을 자유롭게 오가다 일순 비상하는 것. 사색하는 인간이었던 니체는 초인을 상상했고 세잔은 사물의 향기조차 볼 수 있노라 선언했다. 이들 사색하는 인간들의 공통된 취미가 두 가지 있다. 하나는 산책이고, 하나는 차 마시기다.

사색하는 인간에게는 차 한 잔도 자극적이다

감각이 예리하게 벼려진 사색하는 인간에게는 산책도 스펙터클하고 차 한 잔도 충분히 자극적이다. 사색하는 인간의 생활은 나날이 단출해진다.

차의 기분

가
만
히 있는
시
간
이 는다

찾잔이 비었다고 성급히, 찾잔에 차를 다시 채워서는
안 된다. 비 갠 후 꽃의 향이 진해지듯 차향도 차를 삼킨 후에야
진해진다. 빈 찾잔을 보며, 가만히 있는 시간이 는다.

차의 기분

자세가 중요하다

하늘이 무너지고 땅이 솟아나고 태풍이 휘몰아치고 전
봇대가 휘어지고 염소가 날고 내 친구도 날고 하필이면 그때
헤어지자는 긴급 문자가 뜨더라도 차를 한번 마셨으면 흔들림
없이, 천천히 마신다는 자세가 중요하다.

될 대로 되라는 마음으로

왼손엔 담배를 들고 오른손엔 찻잔을 든다. 왼손으론 향을 피우고 오른손으론 차를 올리는 형국이다. 그렇다면 나도 주술사처럼, 아무리 문명이 고도화되었어도 담배연기를 길게 내뿜다 보면 하늘을 우러러 보게 되고, 내일의 날씨라든가 인류의 운명 따위를 점쳐보지 않을 수 없다. 자, 무엇이 문제인가? 가뭄? 장마? 밀린 대출금? 아브라카다브라! 아브라카다브라! 될 대로 되라! 될 대로 되라!

다
도
라
니

차를 우려 마시는 형식이 꼭 다도에 이를 필요는 없다.
내게도 차를 우려 마시는 형식 혹은 격식이 있다면, 그것은 자기 배려를 위한 시간, 그 자투리 시간을 벌기 위한 고의적인 제스처에 가깝다.

차의 기분

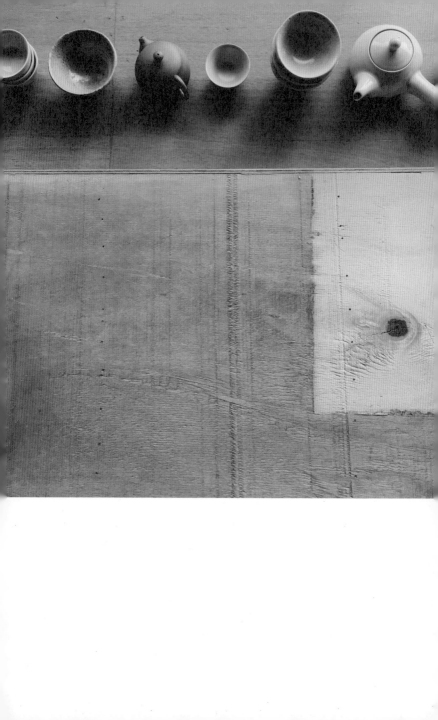

다
도
가

아
니
라
면

그렇다면 차를 어떻게 마실 것인가?

삼십 번쯤 우려 마시면 애써 배우지 않아도 마시는 법을 스스로 깨우칠 것이다. 백 번쯤 우려 마시면 자신의 몸과 기질, 취향에 맞는 방식을 저절로 체득할 것이다.

그렇지만 그 지루한 짓을 백 번이나 반복하다니, 그것이 다도가 아니라면 대체 무엇이랴.

차의 기분

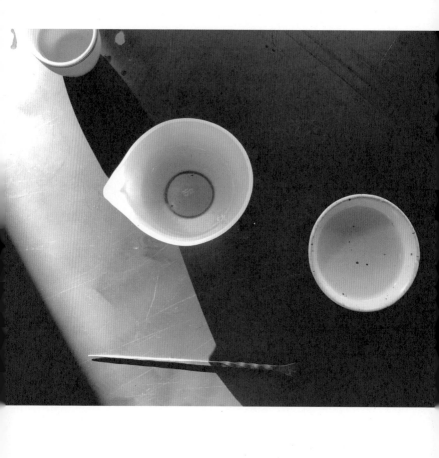

한국 다례 茶禮

매일 공부에 정진하듯 바른 자세로, 차—마시기에 집중하기, 집중해보기.

일본 다도 茶道

칼이 아닌 차선으로 목이 아닌 차를 쳐서, 그 차를 묵묵히 삼키는 천 년 채식주의자들의 풀빛 카니발리즘.

중국 다예 茶藝

천 년이고 만 년이고 차를 마시다, 마시다, 그만 따분
해져 만들어낸 차 마시는 놀이. 수천 년 차를 마셔본 후에야 가
능한.

다우
茶友

차를 좋아한다고 해서 반드시 다우가 되는 것이 아니다. 차도 좋아해야 다우가 되는 것이다. 그러니 다우를 만나기란 얼마나 어려운가!

차의 기분

다우를 만나다

수천 년 차를 마셔온 중국인들은 마침내 다우를 만나게 된다. 차를 마실 때 중국인들은 토끼나 두꺼비, 동자승 같은 자신만의 도자기 인형을 곁에 두고 마신다. 다우는 바로—자기 자신이었던 셈이다.

차 맛이 문제가 아니다

어느 사찰에서 마셨던 차 맛이 잊히질 않는다고 한다.
무작정 비를 피해 들어갔던 찻집 창가에서 마셨던 차 맛이 잊
히질 않는다고. 가을이었고, 그때도 너뿐이었다고.
차 맛이 문제가 아니다.

궁극의 물

지금 내 앞에 놓인 이 차 한 잔 말이다. 일찍이 병자들을 치유했고, 그것을 본 황제들이 권리를 주장했으며, 시인들의 뮤즈였고, 무사들이 칼보다 더 탐을 냈던 이 차 한 잔. 다도로 정신화되었고, 눈처럼 흰 백자를 탄생시켰으며, 제국들이 전쟁을 일으켰고, 수많은 병사와 식민지 노동자가 목숨을 잃어야 했던 이 차 한 잔. 남자들의 전리품이자 여자들의 해방구였고, 지금은 이유 없이도 마시는 이 흔해빠진 차 한 잔 말이다.

이것이 차만은 아닌 것이다. 이것은 궁극의 물이다. 그래야 지난 수천 년간 일어났던 그 모든 일이 해명된다. 헛소동이 아닌 게 된다.

어떤 차가 좋은 차인가?
손님이 물었다

차의 기분

"차를 좀 마셔볼까 하는데, 어떤 차가 좋을까요?"

"음… 몸이 좀 찬 편이시죠?"

(울적해 보이네요.)

"아, 네."

"잠도 잘 못 주무시고?"

(보고 싶은 사람이 있나 봐요.)

"아… 네에."

"그러면 이 차를 드세요."

(뭐라도 마셔야 기운을 차리죠.)

"이 차는 어떤 차인가요?"

"음… 이 차는 발효도가 높고 향이 은은해서 …"

(손님이 마시면 어쩐지 좋을 거 같아서요.)

"그럼 그걸로 살게요."

(힘내요, 그리고)

"안녕히 가세요!"

어떤 차가 좋은 차인가?

친구가 물었다

첫 모금에 네 눈이 휘둥그레지고, 찻잔 속을 재미있다는 듯이 연신 들여다보고, 차향을 맡으며 알쏭달쏭한 표정을 짓고, 입안에 차를 머금고 삼키려 하질 않고, 삼키려면 너도 모르게 지그시 눈을 감고, 실컷 마시고도 아쉬운 듯 입맛을 다시고, 너도 모르게 어느 날 같은 차를 또 마시고 있다면, 그 차가 네게 좋은 차야. 어때, 간단하지?

차의 맛.

차는 물의 신이고,
물은 차의 몸이다 ── 장원

푸르른, 푸르른

　녹차는 자신만이 자신을 증명할 수 있다. 녹차는 녹차
라는 전무후무한 사태이기에, 무슨 풀향이나 꽃향에 빗대어 헤
아릴 수 없다. 어제, 새벽에, 녹차는 파랗게 고였고, 거기서 녹차
향이 났다. 혹은 푸르른, 푸르른 사태였다고.

녹차 처방전

봄에는 반드시 햇차를 마신다. 여름에는 따뜻하게 마신다. 녹차의 차성은 차서 더울 때 차갑게 마시면 도리어 장에 해롭다. 가을에는 마시지 않는다. 가을에는 마셔야 할 다른 차가 너무 많다. 겨울이 지긋지긋해지는 2월과 3월에 마신다. 이때는 봄을 부르는 주술을 걸 듯 신비롭게.

차의 기분

옥
로
玉
露

　　찬잔에 색이 고인다. 초록색이다. 그렇기에 이것은 그
림이다. 한 잔의 그림. 이 그림은 찻잔에 따라 추상도 되고 구상
도 된다.

일본의 다인들은 차를 마시기보다 그리기를 즐기는데, 옥로는
일본의 녹차 중에서도 가장 빼어난 초록빛 찻물을 풀어낸다. 어
떤 그림이 그려질지는 다인의 미감과 기분에 달렸겠지만, 찻잔
에 내려앉은 볕뉘 한 점에서 걸작은 탄생한다. 다인은 자신의
그림을 찬찬히 감상한다. 향기를 맡더니 그것을 마신다. 예술은
성취된다.

2부. 차의 맛

사
비
寂
び

　　교토에서 사온 녹차를 우려 찻잔에 따르니, 이끼 낀 교토의 정원이 떠오른다. 거기 수반에 고인 샘물이 꼭 이와 같았다.

교토에선 녹차가 물처럼 흔하고 도시는 온통 이끼 투성이다. 교토인들은 이른 아침 녹차를 마시고 이끼 낀 보도블록을 따라 정원에서 정원으로, 긴카쿠지에서 가와라마치로 출퇴근한다.

기온의 술집 불빛은 정원의 석등처럼 아른거리고, 녹색에 취한 무사의 후예들이 번민과 아치의 도시 교토를 비틀거리며 걷는다.

오늘밤 칼은 버리고.

차의 기분

처음엔 쓰고 나중엔 감미롭다

러시아산 캐비어에 샴페인을 마시려면 상당한 재력이 필요하다. 반면에 갓 구운 마들렌에 홍차를 마시려면 약간의 상상력만 있으면 된다. 예컨대 신은 존재하며, 갓 구운 마들렌에 홍차를 마시는 일은 신을 만나는 일이라고. 신의 말씀은 처음엔 쓰고 나중엔 감미롭다고.

가을 오후엔 홍차를 마신다

홍차를 마시며 앞집 감나무에 주렁주렁 열린 주홍빛 감들을 보노라면, 이만하면 살 만하지 싶다. 한편으론 홍차의 떫은맛이 땅에 떨어진 설익은 감을 주워 먹었다가 혼쭐이 났던 어린 시절을 되살리면서, 떫은맛을 좋아하는 지금의 내가 나이를 먹긴 먹었구나 싶은데, 입으론 가을은 가을이네, 라고 말한다. 옆에 있던 친구도 나와 같은 곳을 바라보며, 그렇네, 가을이네, 라고 말하고.

아삼 Assam

1. 여러 단점에도 불구하고, 아삼은 내가 마셔본 홍차 중에서 제일 쓰다. 그런데 이 쓴맛이 화끈하다면 또 화끈한 것이다.

2. 쓰고 떫은 아삼을 그대로 삼키면 없던 자신감이 솟아나곤 한다. 아이가 위험한 장난을 치고선 의기양양해진 꼴이다. 인도 홍차를 마시면 용기가 생긴다는 조지 오웰의 저 유명하고도 아리송한 말은 이로써 이해되길 바란다.

3. 아삼 같은 홍차를 대체 누가 좋아하나? 이미 쓴맛을 맛 본 자들이 좋아한다. 아삼을 좋아해서 그것의 쓴맛을 좋아하는 게 아니라. 쓴맛을 음미할 줄 아는 자들이 있긴 있다.

얼그레이 Earl Grey

1. 얼그레이 홍차의 매력은 찻잎이 아닌, 찻잎에 입힌 이탈리아산 베르가못 시트러스 향기에 있다. 베르가못 시트러스, 태양을 부르는 이름! 읊조리면 입술 사이로 바람이 불고, 구름이 걷히며 태양이 활활 타오를 것이다.

2. 얼그레이 홍차는 영국적인 너무나 영국적인 홍차다. 얼그레이 홍차가 영국인 그레이 백작의 이름을 따서 만들어졌기 때문이 아니다. 얼그레이 홍차의 순진하도록 화사한 향기는 영국의 안개와 비, 우울을 달래기에 얼마나 적합한가. 반면에 이탈리아의 눈부신 태양 아래선 잘 눈에 띄지 않는다.

다즐링 Darjeeling

저 높은 곳,
지구의 지붕,
칸첸중가의 성곽 아래서
다즐링은 자란다.
가문의 전통에 따라,
가파른 언덕에 뿌리를 내리고,
바람이 불고 구름이 지날 때마다,
나날이 섬세해진다.
마시면 이건 병적이야,
라며 흡족해 한다.

차의 기분

다즐링 세컨드 플러쉬
Darjeeling Second Flush

찻물이 붉고 어둡다. 수렴성이 강해 맛은 거칠지만 혀를 휘감고 도는 육감적인 향기는 어쩐지 부도덕하다. 홍차에도 장르가 있다면, 다즐링 세컨드 플러쉬는 느와르가 아닐지. 비에 젖은 회색 도시, 매캐한 담배연기와 스윙재즈, 과거를 가진 여자와 위험한 사내, 한 발의 총성 그리고 유유히 안개 속으로 페이드아웃 되는 우리의 고독한 주인공. 비정하지만 오래 지속되는 무스카텔의 여운. 마시고 한동안은 우수에 젖을 것이다.

랍상 소우총 Lapsang Souchong

1. 이것은 확실히 최후의 맛.
인생의 막장에서 후회도, 탄식도 없이 단번에 들이켤 만한. 노
래나 춤이 아니라, 죽느냐 사느냐와 같은 확률의 영역에서 효
과를 기대할 만한.

2. 소문대로 윈스턴 처칠이 랍상 소우총을 즐겨 마셨다
면, 그는 알았던 것이다. 운을 걸 만한 차는 따로 있다는 것을.

딤불라! 우바! 누와라 엘리야!
Dimbula, Uva, Nuwara Eliya

이름은 사물에 남아 있는 마지막 탄식이라고 했던가.
딤불라! 우바! 누와라 엘리야! 맛이 없어도 찾게 되는 이름. 응
답이 없어도 찾게 되는 신들의 이름처럼.

차의 기분

밀크티

나는 불가피한 상황에서만 차에 우유를 넣어 마신다. 출출한데 음식을 삼키고 싶지 않을 때나, 한기를 느낀 몸이 유지방을 원할 때, 다 큰 아이를 조용히 달래야 할 때도.

붉디 붉을 홍 紅

중국 운남성에서 생산한 홍차를 '전홍'이라 부르고, 복건성에서 생산한 홍차를 '민홍'이라 부른다. 옛날엔 운남성이 전나라였고, 복건성이 민나라였기에 그렇게 줄여 부른다고. 중국 홍차 중에는 절강성의 기문에서 만든 '기홍'이 또한 유명하다. 끝이 홍으로 끝나는 이름은 자주 부르고 싶다. 분홍과 주홍. 시인 이상은 연인의 이름이 '금홍'이어서 부르면 좋았을 것이다.

기홍, 마시면 딸기가 떠오르곤 했다.
전홍, 찻잎에 내가 상상하는 원시림의 향기가 배어 있다.
민홍, 민홍이라면 백림과 정화, 탄양을 다 마셔봐야 안다.

보
이
차 普
洱
茶

축축한 흙에 젖은 참된 뿌리들.

맛은 그저 고졸한데, 비에 젖은 나뭇등걸향이 코끝에 닿았다,

말았다.

보이차를 마시면

보이차를 마시면 예전엔 내가 나무였다는 것을 안다. 나는 보이차를 흡수해서 한결 싱싱해진다. 마른 입술에 윤기가 돌고 풀 향이 난다. 창백한 뺨에 홍조가 일고 손바닥과 발바닥에 땀이 맺힌다. 손바닥은 잎맥을 닮았다. 그물처럼 가늘게 연결된 파란 혈관을 보노라면, 인간도 광합성을 하며, 단지 방식이 다를 뿐이라는 생각도 든다.

두 팔이 어서 하늘에 닿았으면, 아니 그보단 뿌리를 내려야지. 부드럽고 신선한 흙이 내 발목을 감싸줬으면. 꽃을 피웠으면, 이렇게 따뜻할 때.

백
차

눈 내리는 겨울밤에는 따뜻한 백차를 마신다. 흰 눈을
바라보며, 희고 조용한 맛이 백차를 닮았다고 생각한다.

차의 기분

백호은침　白毫銀針

새순만을 따서 만든 백차의 한 가지다. 찻잎이 어리니
솜털이 그대로다. 유난히 달고 맛에 요령이 없다. 희고 순하니
귀한 차가 분명하다. 마시면 달이나 눈처럼, 하얘서 좋았던 것
들이 떠오른다.

차의 기분

쓰지 않으면 단조롭다

중국의 다성茶聖 육우陸羽는 찻잎에 자색이 돌고 무게가 느껴지며 모양이 둥근 찻잎을 으뜸으로 쳤다. 그런 차는 맛이 쓰다. 쓰되 향기롭다. 쓰지는 않은데 향기로운 차들이 있다. 현대인의 입맛에 맞게 개량된 차들, 기원이 삭제된 차들. 이런 차들을 마시면 꿈도 단조롭다. 강렬하지도 위험하지도 않은 꿈들. 놀라서가 아니라 지루해서 깨는.

차의 기분

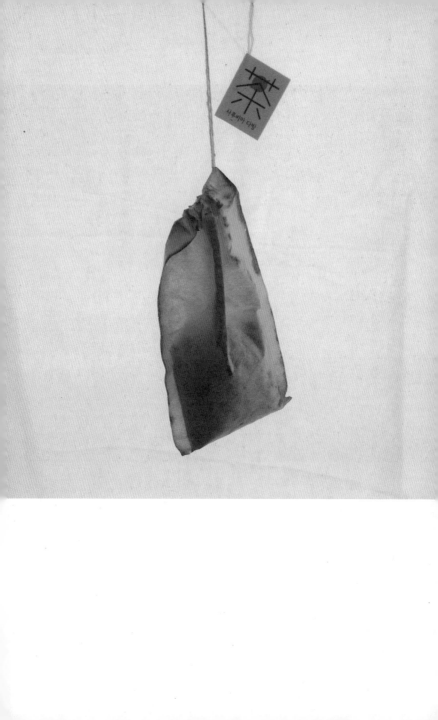

포종 包種

비가 오면 기억해줘.
내가 얼마나 비와 닮았는지를.
나는 단비처럼 내려,
네 찻잔에 파랗게 고이지.
보슬비처럼 내려,
너는 창밖을 하염없이 바라보지.
장대비처럼 쏟아져,
너는 그날을 기억해야만 하지.
그날은 찻잔이 둘이었는데
오늘은 하나뿐이군.
창밖엔 천둥 번개 내리치고
나는 뜨겁게 범람하는데,
너는 왜 불행한 여자처럼
꼼짝도 하지 않는지.

수선 水仙

검게 꼬인 찻잎이 둥글고 어둔 다관 속에서 꿈틀대며 풀어진다. 찻잎이 우려질수록 다관은 깊어지고 그것이 신기해 들여다보다가, 흠칫 뒤로 물러선다. 하마터면 거기에 빠질 뻔해서다.

차의 기분

철
관
음 鐵
觀
音

옛날 중국의 한 마을에 역병이 돌았는데, 이 차를 마시
고 병이 싹 나았다고 한다. 그러니 이 차가 관음이 아니겠냐고
한다. 찻잎이 철처럼 무거우니 철관음이 아니겠냐고. 여러 번
마시면 믿게 된다.

3부

차의 몸.

보는 것은 믿는 것이고,
만지는 것은 아는 것이다 — 피터 슈예달

찻잎이 춤춘다

다관에 물줄기가 쏟아지면 찻잎이 춤을 춘다. 찻잎은 물줄기가 일으키는 파동에 따라 뛰고 돌고 날아오른다. 찻잎은 춤추고 향기를 발산한다. 춤이 향기의 요체인 셈이다.

용정차의 춤이 장관이라 들었다. 연둣빛 새순이 뛰고 돌고 날아오르다, 한 잎 두 잎 정처 없이 떨어지는데, 그 향이 역시 일품이라고. 중국인들은 그 춤을 보려 너도나도 유리컵에 용정차를 우린다 한다. 찻잎이 더 높이 도약하도록 주전자를 더 높이 치켜들었다.

찻잔을 더 좋아한다

책상보다 의자를 더 좋아한다. 그처럼 다관보다 찻잔을 더 좋아한다. 책상보다는 의자를, 다관보다는 찻잔을 더 좋아하는 까닭은, 이들이 내 고통을 그 어떤 사물들보다 더 잘 이해하고 있다는 믿음에서다. 실제로 나는 의자에 파묻혀 길고 어두운 밤을 안전히 떠돌았다. 그 같은 밤이면 손에 쥐고서 하염없이 어루만지던 내 외로움은 다관이 아닌 찻잔이었다. 내가 누구인지, 어디에 있는지 종잡을 수 없는 밤이면, 내 낡은 찻잔은 더없이 충실해 보인다. 자신을 의심하지 않는 사물의 내력에서 어떤 견고한 안도감을 느낀다.

손잡이 없는 찻잔을 좋아한다

1. 나는 손잡이 없는 찻잔을 좋아한다. 손잡이 없는 찻잔을 그대로 만지면 나는 페니키아의 동전이나 수메르의 벽화를 만지는 기분이다. 손잡이 없는 찻잔을 통째로 움켜쥐면 상황은 일순 사냥과 비슷해지기도 한다. 내가 마음만 먹으면 찻잔은 내 손아귀에서 으스러질 것이다. 물론 그런 일은 없을 테지만 찻잔은 그럼에도 위태로운 운명이다. 살의를 거두고 너그러운 맹수의 손길로 찻잔을 쓰다듬는다. 찻잔에 담긴 건 더욱이 피도 아니다.

2. 동양에선 찻잔에 손잡이 달기를 주저했다. 찻잔은 차탁과 함께 두 손으로 받들어 올려졌다. 그것은 찻잔을 예우하는 방식이었다. 시간은 물이나 술을 마실 때보다 천천히 흘렀다. 이 한 잔의 차는 무엇인가. 평소와는 다른 질문이 떠올랐다. 무엇이 옳고, 무엇이 그른가. 아름답다는 것은 무엇인가. 대개가 답하기 곤란한 질문이었다. 침묵이 이어졌고, 간혹 시를 지어 화답했다.

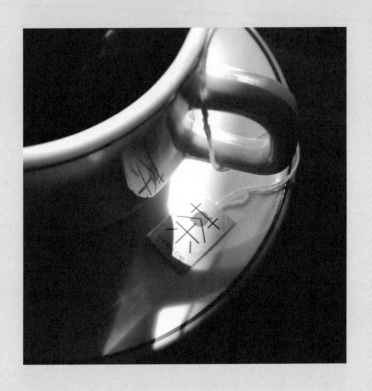

찻잔의 손잡이를 잡을 경우

　　찻잔의 손잡이를 잡을 때는 내가 무기력할 때다. 사물의 확실성조차 믿을 수 없는 무기력. 이런 무기력은 꽤나 근대적이어서, 나는 아직 보들레르와 한통속인 기분마저 든다. 근대인이 앓았던 무기력, 참담하지도 비통하지도 않지만 어떤 만성적인 의지 없음. 그럴 때면 나는 손잡이에 의지해 찻잔을 겨우 들어올린다.

볼에 대볼래?

도자기가 예술이다! 그렇지만 잔은 벽에 걸지 않고 손에 쥔 채 감상한다. 그래서 잔은 만져도 보고 들어도 본 후에 사야 한다. 과연 맛은 어떨까? 표면을 핥아보기도 한다. 아무래도 교양인이라면 들어서 만져보는 정도가 좋겠다. 그렇지만 믿을 만한 친구라면, 진짜 믿을 만한 친구라면, 지극히 아끼는 잔 하나를 꺼내어, 볼에 대볼래? 하곤 손에 잔을 쥐어준다.

쓰기에 아까운
찻잔을 써야 한다

차의 기분

쓰기에 아까운 찻잔을 써야 한다. 황금이 입사된 찻잔이나 도금된 찻잔을. 그리고 차를 마실 때마다 기억해야 한다. 멸망한 황금의 제국과 그들이 바라본 석양을. 그들의 미래였으나 교활함만을 상속받은 나를. 살아 있는 한 사치를 마음껏 일삼되, 나도 반드시 죽는다는 사실을.

쓰기에 아까운 찻잔을 써야 한다. 희고 얇고 견고한 백자잔을. 왕과 권력자들도 일찍이 써보지 못한, 천 년 기술이 집약된 현대의 백자잔을 가까운 그릇가게에서 구매해, 시덥지 않다는 태도로, 이처럼 위대한 유산은 내가 누려야 할 당연한 권리라도 되는 듯이.

쓰기에 아까운 찻잔을 써야 한다. 태생이 가볍고 옹졸하여, 밤이 오기도 전에 벌써 누군가를 멸시하고, 누군가를 부당하게 떠받들다 돌아왔지만, 그럴수록 쓰기에 아까운 찻잔에 차를 마시며, 찻잔의 안팎에 그려 넣은 시와 노래를, 고색창연한 무늬와 그림을 찬찬히 감상하면서, 나는 필사적으로 고귀함을 배울 필요가 있다.

낡은 찻잔에는 표정이 있다

낡은 찻잔은 회상하는 표정이다.

아무리 보잘 것 없는 찻잔이라도 낡으면 표정이 풍부해진다.

한때는 희디흰 찻잔이었다. 금이 간 찻잔은 그때를 떠올리면 지금도 아찔할 것이다.

지난날 찻잔을 장식했던 꽃과 나비는 희미해졌다. 이제는 술잔이라 한들 어색하지 않겠구나.

낡은 찻잔에는 시간이 있다

낡은 찻잔은 어째서 이토록 마음을 끄는지. 어째서 이토록 진실해 보이는지. 진실한 것에는 깊이가 있어서, 봐도 봐도 항상 뭔가가 더 있다. 낡은 찻잔엔 뭔가가 더 있다.

아주 작은 찻잔을 비우기가 어렵다

아주 작은 찻잔을 쓰고 싶을 때가 있다. 번거롭더라도 아주 작은 찻잔에 조금씩, 여러 번 차를 따라서, 그것을 홀짝이고 싶을 때가. 그러면 나는 별을 헤는 대신에, 아주 작은 찻잔을 한 잔, 두 잔 헤면서, 아름다운 이름을 한마디씩 불러보고 싶다. 차 한 잔에 추억과, 차 한 잔에 사랑과, 차 한 잔에 쓸쓸함과… 그러면 아주 작은 찻잔이래도 그것을 비우기가 무척 어렵다.

차의 기분

오래 곁에 있는 찻잔

　　이 찻잔은 내가 제일 아끼는 찻잔이다. 이 찻잔은 나와 십 년을 함께했다. 그 십 년 동안, 몇몇 친구들과는 소식이 끊겼고, 애인들과는 만나고 헤어지길 거듭했지만, 이 찻잔만은 금도 가지 않은 채 멀쩡히 내 옆에 있다. 이 찻잔은 뭐랄까. 내가 다시 혼자일 때, 어느새 내 옆에 와 있는 식으로 존재하는 것 같다. 나는 새삼 감탄하면서 우정 비슷한 감정을 느끼기도 한다. 이 찻잔은 십 년 차를 담아내더니 어떤 경지에 이르렀는지, 뜨거운 차는 따뜻하게 내고 차가운 차는 시원하게 낸다. 눈에 띄게 아름답지는 않지만 찬찬히 들여다보면 잿빛 표면에 홍조가 어렸다. 나는 이것을 노을이라 여기며 어루만지곤 한다. 만지며 내가 보는 것이 이 찻잔만은 아닐 것이다.

사
이

가만히 보면 둘이 오래된 사이 같다.

.

3부. 차의 몸

찻
잔
을 바
꾸
다

변덕에 따라 커튼이나 소파, 벽지를 바꿀 수 없다면, 찻
잔을 바꿔본다. 문양이 그려진 청화백자는 화려하지만 경박하
지 않아서 좋다. 그러니까 허영심을 채우되 노골적이지 않게.
화사한 헤렌드 풍의 채색다기는 매일 사용하기보다 유달리 기
분이 우중충할 때 쓴다. 기억하길, 나도 한때는 순수하고 어리
석은 사랑을 해본 적이 있다고. 반대로 보잘 것 없어 보이는 라
쿠다완은 작은 성취에도 교만해지기 쉬운 자신을 경계하는 데
유용하다. 그처럼 어수룩해 보이는 다기들은 가구와 집기들이
들어찬 비좁은 공간에서도 불평 없이 존재한다.

어째서 세 개 이상의 찻잔이 필요한가?

매일 쓰는 찻잔이 하나.

매일매일 믿고 쓰는 견고한 찻잔이 하나.

여분의 찻잔이 또 하나.

매일 쓰는 찻잔에 싫증이 났을 때나,

방문한 손님에게 낼 찻잔이 하나.

마지막으로 유난히 빛나는 찻잔이 하나.

이 찻잔의 아름다움은 찬장에 놓인 다른 찻잔들, 컵들, 접시들보다 독보적이다.

이 찻잔은 누가 봐도 내 찬장엔 어울리지 않으며, 기쁨과 영광의 순간을 위해 준비된 것이다.

그래서 필요하다. 바로 그래서.

내게는 없는 독보적인 아름다움, 기쁨과 영광의 순간에 입술을 대려고, 닿으려고.

차의 기분

잔과컵

잔은 고요하다.
컵은 발랄하다.
잔은 우아하다.
컵은 믿음직하다.
잔은 섬세하다.
컵은 명료하다.
잔은 연인의 이름이다.
컵은 친구의 이름이다.
잔과 컵,
나는 분위기에 따라
잔을 컵이라 부르기도 하고
컵을 잔이라 부르기도 한다.
어제는 한 잔 할래요?
라고 그에게 물었다.

차의 기분

잔
과
나

　　잔은 기다렸다. 나와 눈이 마주치기를. 오직 나여야만
했다. 잔은 그래서 다른 이들의 눈에는 보잘 것 없어 보였다. 나
는 그게 잔의 의도였다고 생각한다. 잔을 보면서 망설인 이들
도 있었다. 나라면 상상조차 할 수 없는 일이었다. 잔은 장담했
다. 저들 중엔 자신이 기다리는 사람이 없다고. 나는 클리어런
스 세일 매장에서 이 잔을 발견했다. 이 잔은 수많은 잔 중에 하
나였다. 그날도 잔은 들키지 않으려고 아주 평범한 체했다. 그
렇지만 나는 보자마자 확신했다. 이 잔은 나와 함께 집으로 돌
아갈 것이라고. 집에 돌아와 잔을 찬찬히 들여다보았다. 마시는
시늉을 하며 잔에 입술을 대보기도. 매장에서 볼 때보다 잔이
더 근사해 보이는 건 내게도, 잔에게도 좋은 징조였다.

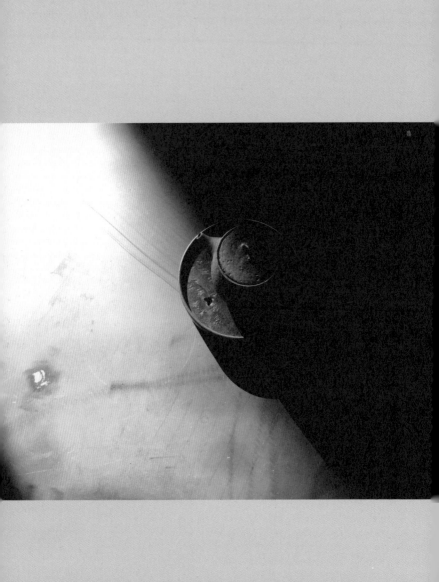

다선
茶船

다선(茶船 : 찻주전자를 올려놓는 받침 그릇)

다선을 한자 그대로 풀이하면 '차를 실어 나르는 배'쯤
될 것이다. 탁자 위에 배를 띄워 그것에 차와 찻주전자를 실어
나르다니, 중국인들은 다구의 이름을 이렇게까지 지어놓고, 차
를 안 마실 도리가 없을 것이다. 오늘은 어떤 배를 띄울까? 그
러고 보니 내가 가진 다선은 해안가에 버려진 폐선처럼 생겼
다. 어떤 차를 실을까? 항주로 가는 용정차를 실을까? 금훤을
싣고 대만으로? 인도의 다즐링은? 어떤 차를 싣느냐에 따라 항
로는 정해질 것이다. 그럼에도 차를 마시다 보면 중국 땅에 제
일 끌리게 되어 있다.

숙우 · 공도배 · 다해

숙우(熟盂 : 물을 식히는 그릇)

공도배(公道杯 : 차를 공평하게 나누는 그릇)

다해(茶海 : 차의 바다)

저 셋은 부르는 이름은 달라도 쓰임에 큰 차이가 없다.
숙우를 다해로 써도 되고 다해를 공도배로 써도 된다. 그러니
맘에 드는 이름을 골라 부르면 된다. 하나의 이름을 고집할 필
요도 없다. 녹차나 백차를 우리려 물을 식힐 때는 숙우라 부르
고, 우린 차를 공평하게 나눌 때는 공도배라 부르면 될 것이다.
그리고 다해, 나는 바다라면 어디라도 좋으니, 다해라 부르기로
한다.

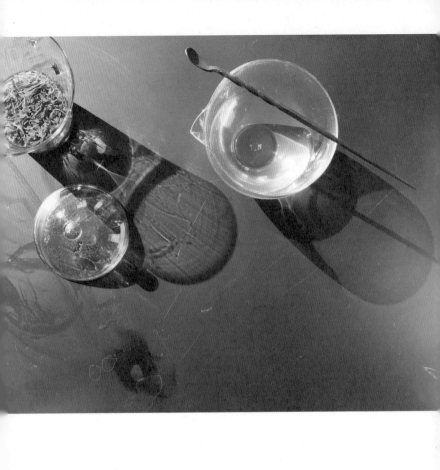

로열 코펜하겐 Royal Copenhagen

로열 코펜하겐에서 생산한 청화백자를 보라. 임란 중에 일본으로 끌려간 조선의 도공들이 덴마크에 환생하여, 로열 코펜하겐에서 근무하는 초현실과 마주칠 것.

도천 천한봉

무엇이 그리 못마땅하여 그 아까운 것들을 깨고 또 깨신답니까, 어르신. 우리는 무엇이 그것인지도 모르는데 말입니다─파편이라도 제게 주세요. 그것이 찻잔으로 자랄 때까지 제가 간직하겠습니다.

차의 기분

티포트의 일

이 시대에 티포트를 사용한다는 것. 그것은 자신이 유행에 뒤쳐진 사람이라고, 소수의 취향을 고집하는 외톨이라고, 허영심이 결국엔 자신을 망쳐버릴 거라고 고백하는 것과 같다. 누군가 카페와 같은 공공장소에서 티포트를 들어 신중히 차를 따르는 모습을 보라. 이 바쁜 와중에 저리 한가한 모습이라니, 자신의 쾌락에만 몰두해 있는 것 같아 적개심마저 든다. 그렇지만 티포트는 눈앞에 놓여 있다는 사실만으로도 누군가에겐 위안이 될 수 있다. 누군가는 지금 기꺼이 시간을 낭비하면서, 한 번쯤은 자신에게 충실해보려고 애쓰는지 모른다.

책 읽는 사람 옆에 있어야 하는 것

책 읽는 사람 옆에는 찻잔이 있어야 한다. 한 세계를 여행하는 데 찻잔이 빠져서야! 물론 차를 가득 채운 티포트도 있어야 한다. 고작 찻잔이 비었다고 우주의 미로나, 분홍빛 종탑이 보이는 콩브레 언덕을 물이나 끓이자고 홀연히 떠나야 하겠는가.

차의 기분

차와 글쓰기。

찻잎.

글쓰기의 그물 ― 롤랑 바르트

차에 의지해 쓴다

　　따뜻한 차 한 잔이 준비되지 않았다면, 나는 책상 앞에
앉을 엄두를 내지 못했을 것이다. 나는 차에 의지해 간신히 책상
앞에 앉는다. 오늘은 찻잔을 붙들고 얼마나 버틸 수 있으려나.

향기가 나를 떠민다

마시면 떠오른다.
풀어지고 일렁이고 굴절된 시간들이.
향기가 부끄러움을 이긴다.
초콜릿과 라임향이,
풀내와 난향이,
무르익은 포도향과 장미향이
잊었거나, 잊어야 했던 시간으로 나를 떠민다.
용감한 프루스트는 향기를 쫓아
첫사랑 질베르트가 기다리는
스완네 집 쪽으로 가고,
나는 아직 머뭇거리며
레몬향에 집중한다.

차의 기분

오른손의 좋은 일

내 오른손이 꽃을 들 때가 좋다.
나무를 쓰다듬을 때가.
잘생긴 돌멩이나 대추를 쥘 때가.
손을 흔들 때가 좋다.
헤어질 때 말고 반가워 손을 깃발처럼 흔들 때가.
이름을 쓸 때가 좋다.
차창에 입김을 불어 한 자 한 자,
그리운 이의 이름을 새겨 넣을 때가.
머리칼을 쓸어내릴 때가 좋다.
손가락은 바람이 되어
그의 머리칼은 꿈속에서 해풍에 나부낄 것이다.
차를 따를 때가 좋다.
오른손이 내게 차를 따를 때가.
공손히, 자기 자신에게.

하찮은 우주의 점 하나가
차를 홀짝인다

영원한 시간과
무한한 공간이 교차하는
연희동 어디쯤에서,
어느 하찮은 점 하나가
밑도 끝도 없이,
별 총총한 밤하늘을
대수롭지 않게 바라보며
차를 홀짝인다.
이러한 생활방식은
광대무변한 우주에 대한
만용이 아니다.
점만이 지닌 탁월한
유머감각이다.

카페를 선호한다

서울에 카페가 많다고 야단이지만 카페 말고 그러면 어디서 쉬나? 서울에서 카페는 숲이고, 언덕이고, 정원이고, 벤치이며, 감각적인 나무 그늘이다. 나는 느티나무를 좋아해서, 천장이 높고 의자가 푹신한 카페를 선호한다.

찻집의 조건

물 끓는 소리
차 따르는 소리와 차 홀짝이는 소리
책장 넘기는 소리
— 손가락이 아닌 바람이
빗소리
고양이와 새 소리
눈치껏 시시덕거리는 소리
하굣길의 아이들 소리
누군가 길을 묻는 소리
자전거 페달 소리
초저녁에는 이따금 개 짖는 소리가
공간에 리듬을 부여하고
적당히 낡고 단정하고 창이 좋은 찻집이라면
차 맛은 절로 나는 것이며
그렇지 않다손, 그게 대수일까?

카페와 헤어지는 일

　　단골 카페 중 한 곳이 또 문을 닫았다. 그리고 그 자리에 새 카페가 들어섰다. 길 건너편에 서서 새 카페를 쳐다보았다. 처음엔 적의에 차서 죄 없는 카페를 노려보았다. 건물주는 천연두 같은 병에 걸리라고, 새 카페는 곧 망할 것이라고 서슴없이 저주도 퍼부었다. 그렇지만 카페 창가에 홀로 앉아, 하염없이 창밖을 바라보는 한 여자가 눈에 띄었을 때, 이제 그만해, 다 끝났어, 라고 바람이었던가, 무엇이 나를 부드럽게 타이르는 것이었다. 돌아서 풀죽어 걷는데 걸음이 자꾸 빨라졌다. 매달릴까봐 먼저 도망치는 버림받은 애인처럼.

오래 들여다본다

낡아서 좋은 것들을 생각나는 대로 열거해보자면, 앞치마와 운동화, 만년필, 타이베이 어느 찻집에서 보았던 찌그러진 구리 차탁도.

언제부턴가 내겐 벽에 걸린 그림보다 가위니 골무니 하는 기물들을 오래 보는 버릇이 생겼다. 때때로 이런 기물들을 골똘히 보고 있노라면 누군가 어깨를 툭 친다. 이를테면 그깟 가위나 골무 따위를 뭘 그리 진지하게 보냐는 투다. 그렇지만 금이 간 찻잔 앞에서라면 그것의 주인은 주인대로, 주인이 아니면 아닌 대로 감정이 복잡해지기 마련이고, 그래서 오래 보다 보면 마음이 기울고.

차
와

건
강

차의 기분

바로 누워서 천장 보기.

모로 누워서 벽 보기.

모자를 푹 눌러쓰고 집밖으로 나가기.

나가서 내키는 대로 걷기.

카멜레온이나 개미행렬에 대해 생각하기.

가끔은 성간분자에 대해서도.

정류장에서 버스를 기다리기.

버스를 기다리지 않기.

재미없는 모임에 참석하기.

거기선 1분이 그렇게 길다면서요?

네루다의 다음 시구를 반복해 읊조리기.

"좋은 건 두 배로/좋다, 그게/겨울에/양털로 짠/
한 켤레 양말의 일일 때에는."

하나의 사물을 맹목적으로 바라보기.

그것을 구부릴 수 있다고 믿으면서.

리스본─리스본이라고 별다르겠어?

그렇지만 한낮의 샴페인은?

내가 찾던 시계는?

둥지를 레몬으로 가득 채운 우울한 노란 새는?

차와 건강?

이쯤 되면 건강을 염려한 나머지

뭘 더 마셔야 하는 건 아니다.

블렌딩이 필요한 시간

　　이 찻잎은 개선될 수 있다.
그렇게만 되면 악몽은 피할 수 있다.
칠흑처럼 어두운 찻잎에는 별사탕을 뿌리자.
라일락 향기가 첨가되면 좋겠는데.
언젠가 바람결에 맡았던 그 라일락 향기를 기억해?
그렇다면 코끝에서 맴돌게만 해야겠군.
여름치고는 시원한 밤이었는데.
이 차는 뜨겁게 마셔도 시원해야 해.
그렇지 않고서야 이 차가 진실하다고
어떻게 주장할 수 있겠어?
나쁘진 않군.
약간의 낭만이 부족한 것을 빼고는.
그건 날씨에 맡길 수밖에.
마시는 사람이 찾아보던가.
꿈속에서든, 한동안 입지 않았던 셔츠의
왼쪽 주머니에서든.

차의 기분

가
진
것
중
제
일
좋
은
것

 번번이 제가 차를 선물했던 이유는, 제가 가진 것 중에 제일 좋은 것이, 차여서 그랬습니다. 그것들 대개가 서랍이나 찬장 구석에 방치되어 있다가, 대청소나 이사 중에 발견되어 버려질 줄 알면서도, 다시 말하지만 제가 가진 것 중에 제일 좋은 것이, 차여서 그랬습니다. 정말 미안합니다. 그것이 차인 줄은 알아도 마실 줄은 모르는 여러분에게 그동안 제가 무슨 짓을 저질렀던가요? 그래서 다음부터는 찻주전자와 찻잔도 함께 선물하려고요. 말씀드렸듯 제가 가진 것 중에 제일 좋은 것이, 차이기 때문입니다.

차의 기분

초판 1쇄 발행 2018년 2월 14일
초판 4쇄 발행 2021년 3월 31일

지은이 김 인
펴낸이 권미경
마케팅 심지훈, 강소연, 김재영
디자인 어나더페이퍼
펴낸곳 ㈜웨일북
출판등록 2015년 10월 12일 제2015-000316호
주소 서울시 서초구 강남대로95길 9-10, 웨일빌딩 201호
전화 02-322-7187 **팩스** 02-337-8187
메일 sea@whalebook.co.kr
페이스북 facebook.com/whalebooks

ISBN 979-11-88248-16-2   03810

소중한 원고를 보내주세요.
좋은 저자에게서 좋은 책이 나온다는 믿음으로, 항상 진심을 다해 구하겠습니다.

「이 도서의 국립중앙도서관 출판예정도서목록(CIP)은
서지정보유통지원시스템 홈페이지(http://seoji.nl.go.kr)와
국가자료공동목록시스템(http://www.nl.go.kr/kolisnet)에서 이용하실 수 있습니다.
(CIP제어번호: CIP2018003750)」